Hannelore Olescher

Sehnsucht

LIEBEsVision

Herstellung und Verlag:
Books on Demand GmbH, Norderstedt

Fragezeichen

Es weht ein eisig kalter Wind,
Sterne sind nicht zu sehen.
Meinst du, die Engel schlafen schon
und können uns nicht hören?

Wenn wir sie fragen wollen – wieso,
warum wir das alles nicht verstehen?
Was hier auf Erden vor sich geht.
Meinst du, sie können uns dann hören?

Wenn wir sie bitten in der Nacht,
dass sie im Traum uns helfen,
weil wir die Frage nicht verstehen
und uns dabei so quälen.

Vielleicht kommt doch ein Schimmer dann,
der uns ein Lichtlein bringt,
damit wir wissen was das ist,
was uns ins Grübeln bringt.

Liebeszauber

Nebelschleier hell und silbrig,
streicheln zart übers Gesicht,
noch ist alles, so wie himmlisch,
beide fühlen – es ist ein Licht.

Wie verzaubert, süße Blicke,
Träume bis zum Himmelszelt,
wenn es wahr wird, was wir fühlen,
dann, ein Stern vom Himmel fällt.

Verborgne Sehnsucht tief im Herzen,
lange Suche nach dem Glück,
Hoffnung endlos, Warten, Schmerzen,
irgendwann kommt's doch zurück.

Dann geschieht es, wie ein Wunder,
Augenblick der Ewigkeit,
Und der Zauber heilt die Wunden,
lässt weichen alle Traurigkeit.

Streichle noch mal meine Wange,
nimm mich ganz fest in den Arm,
wenn ich spüre Deine Nähe,
dann wird mir ums Herz ganz warm.

Und ich weiß, wenn wir uns sehen
singt der Mond en Liebeslied,
alle Sterne werden leuchten,
der Zauber bis zum Himmel zieht.

Sehnsucht

Du schenkst mir Liebe,
das Gefühl für das es sich zu leben lohnt,
du erfüllst mich mit Glück und Leidenschaft,
du bringst Freude in mein Leben,
Wärme und Geborgenheit.

Du zauberst wundervolle Stunde herbei,
weckst in mir die schönsten Gefühle,
zarte Gänsehaut und kleine Schmetterlinge im Bauch,
ein verträumtes Lächeln und süße Küsse auf meiner Haut.

Leise flüsterst du mir liebe Worte ins Ohr,
ich liebe deine Zärtlichkeiten und stelle mir vor,
dass du mich in die Arme nimmst,
mich küsst und mich zärtlich liebst.

Den Zauber will ich mit dir erleben,
die Unendlichkeit wenn wir uns in den Armen liegen,
Träume, will ich mit dir teilen,
unsere Sehnsucht gemeinsam vereinen.

Rosenduft

*Den Rosenduft kann ich vernehmen,
der leicht um meine Nase schwebt,
in Gedanken voller Liebe
mein Herz sich hoch zum Himmel hebt.*

*Viele Träume sind verschleiert
im Gefühl der Einsamkeit,
Hoffnung auf ein neues Leben,
Glaube an die Zeit zu zweit.*

*Die Wolken sind verschwunden,
das Licht es strahlt ganz hell,
die Freude sich verbreitet
wenn du mich in den Armen hältst.*

*Sehnst du dich auch nach diesem Wunder
voller Zärtlichkeit und Glück?
Glaubst du auch dass eines Tages,
alles wieder kommt zurück?*

*Worauf du schon so lange wartest,
in Sehnsucht wenn der Tag anbricht,
und auch bei Nacht wenn der Himmel
die Grüße durch die Sterne schickt.*

*Ich wünsche mir dass wir uns sehen,
verzaubert voreinander stehen,
Oh Himmel, bitte lass es geschehen,
lass Träume des Herzens in Erfüllung gehen.*

Ich liebe dich

Wenn ich wüsste wo du bist,
würde ich jetzt zu dir laufen,
dich in die Arme nehmen und dir sagen
„ich habe dich so sehr vermisst".

Wenn ich dann das Leuchten in deinen Augen sehe,
weiß ich – der Himmel hat uns beide wach geküsst.

Vielleicht dauert es nicht lange
und mein Traum wird Wirklichkeit,
dann blühen die schönsten Rosen –
Rosen der Liebe für die Ewigkeit.

Ich liebe dich ...
goldene Buchstaben
verzieren ein dunkelrotes Rosenblatt,
der Hauch ewiger Liebe schwebt in der Luft
wenn der Augenblick naht.

Unendlichkeit legt sich wie ein Schleier auf die Erde,
alles scheint auf einmal still zu stehen,
nichts ist mehr wichtig –
Liebe ist alles was uns bewegt,
Liebe ist die stärkste Kraft
die alle Wünsche zum Himmel trägt.

Himmel für die Ewigkeit

Ein Gefühl wie tausend Himmel,
Blicke für die Ewigkeit,
du verzauberst meine Träume,
lässt mich schweben unendlich weit.

Liebeszauber ich empfinde,
auf meiner Haut es kribbelt süß,
deine Küsse mich verführen,
der Himmel auf Erden mir ganz nahe ist.

Träumst du auch die gleichen Träume,
sehnst du dich auch so sehr nach mir?
Komm und halt mich in den Armen,
lass dich küssen, komm sei bei mir.

Komm und spüre diesen Zauber,
lass dich verwöhnen und schwebe ganz leicht,
wenn die Sehnsucht uns beide leitet
in den Himmel unserer Zärtlichkeit.

Flügel der Sehnsucht

In deinen Armen möchte ich liegen,
wenn die Nacht beginnt,
deine Liebe möchte ich spüren,
wenn die Sehnsucht in mir brennt.

Ich möchte dich verzaubern,
wenn du dich sehnst nach mir,
ich möchte mit dir spielen,
damit du glücklich bist bei mir.

Ich möchte dich verwöhnen
ganz lieb und zuckersüß,
in deinen Armen möchte ich träumen
den schönsten Traum vom Glück.

Ich möchte mit dir schweben,
ganz frei und unbeschwert,
in ein Leben voller Liebe,
in die Welt die nur uns zweien gehört.

Komm, teil mit mir die Träume,
die Sehnsucht die nie vergeht,
komm, lass uns beide fliegen
in den Himmel, der vor uns steht.

Lebenssinn

Auf der Suche im Leben, nach dem wahren Sinn,
ist es oftmals gegeben, dass wir nicht wissen wohin.
Im Sturme des Alltags, geprägt von Glück und von Leid,
muss man manchmal erfahren, des anderen Neid.

Wenn Liebe sich windet, zum Pflänzchen erst klein,
sind alle gefordert zusammen zu sein.
Kein Tröpfchen, kein Stürmchen darf rütteln daran,
weil sonst die Gefahr besteht, dass es brechen kann.

Dann strahlt wieder Sonne, verbreitet ihr Licht,
die Hoffnung erfüllt sich, man glaubt es fast nicht.
Die Seele erwärmt sich, das Herz blüht wieder auf,
so nimmt das Schicksal ganz langsam seinen Lauf.

Der Sommer, er geht, bringt Herbst in das Land,
geschmückt mit Blättern in rot-goldnem Gewand.
Voll Sehnsucht in Stunden der Einsamkeit,
schenkt Liebe den Weg aus der Traurigkeit.

Ruhe im Herzen

Es legt der Schleier des Vergessens,
ganz sachte sich um unser Herz.
Und öffnet in der Stille des Versprechens
die Liebe, es weicht all der Schmerz.

So traurig die Stunden auch waren,
nun kehrt wieder Ruhe zurück.
Die Seele wird leicht und erfahren,
sie birgt Stunden unsagbaren Glücks.

Und wenn wir auch manchmal verzweifeln,
so glauben wir denn noch daran,
dass Freude das Herz wird bereichern,
das Glück wieder eintreten kann.

Dann folgen die schönsten Träume,
führen uns weiter auf unserem Weg,
im Glauben an die schönste Zukunft,
bis plötzlich das Ziel vor uns steht.

Guten Morgen

Es schwebt ein Zauber durch die Räume,
hängt sich an meine Träume,
die mich begleiten in der Nacht,
weil ich so sehr an dich gedacht.

Der erste Blick, wenn ich erwache,
streichelt dein Bild am meiner Wand,
ganz liebevoll grüßt mich dein Lächeln,
es ist als streichelt mich, deine Hand.

Ich wünscht' du kannst es auch so fühlen,
wie nah wir uns doch beide sind,
genau so stark die Sehnsucht spuren,
die uns zwei zusammen bringt.

Ein schmaler Pfad

*Die Wege sind oft sehr verschlungen
der richtige Pfad manchmal schmal.
Oft ist es uns nicht gelungen
dann wagen wir es noch einmal.*

*Im tiefstem Innern der Seele
ganz sachte die Erkenntnis sich zeigt,
unmöglich scheint's zu verfehlen
benötigt wird nur noch die Zeit.*

*Die alles im Laufe wird klären
was wir selber im Stande nicht sind,
Vertrauen auf schlingenden Wegen
fragend erkennen, was die Zeit mit sich bringt.*

*Hoffnung, Verzweiflung, Enttäuschung,
sie weichen ganz langsam dahin,
in stillem Versprechen des Herzens
finden wir ganz deutlich den Sinn.*

*Die Schritte, sie führen uns weiter,
manchmal gehen wir sie unbewusst,
der Weg wird langsam wieder breiter,
als hätten wir es immer schon gewusst.*

*Er zeigt uns wie leicht und wie einfach
wir kommen voran, wenn es stimmt,
dass alle Gedanken und Gefühle
die Grundlagen für unser Handeln sind.*

Tausend Träume für die Liebe

Tausend Träume für die Liebe,
wenn zwei Herzen einsam sind,
tausend Wünsche, wenn Gefühle
verzaubern damit unsern Sinn,
tausend Herzen, tausend Worte,
tausend Mal ICH LIEBE DICH,
tausend Küsse voller Sehnsucht,
tausend Sterne führen ins Licht,
tausend Mal Gefühle schweben,
bis die Einsamkeit zu Ende ist,
tausend Blicke uns verführen
für die Zeit die kommen wird,
tausend Sterne leuchten wieder,
tausend Sonnen glühen hell,
tausend Mal möchte ich Dich küssen,
wenn die Liebe in mir brennt,
tausend Mal will ich Dir sagen,
dass mein Herz Deine Sehnsucht kennt!

Traumgeflüster

Kennst du das Gefühl der Liebe,
wenn die Ewigkeit eintritt,
das Gefühl von Licht und Wärme,
wenn die Zeit unendlich ist?

Weißt du, was man dann empfindet?
Alles scheint auf einmal gut,
wenn das Herz die Sehnsucht findet,
und die Seele Sprünge tut.

In ein Leben voller Freude,
voller Zuversicht und frei,
führen dich dann schöne Träume,
und du merkst, du bist dabei.

Dort, wo du dich wohl fühlst,
wo du glücklich bist und weißt,
dass ein Herz die Liebe annimmt,
denn es schlägt genau wie deins.

Ich vermisse dich

Die Nacht, sie ist vorüber, der Morgen zieht nun ein,
in meinen Träumen bin ich bei dir.
Sag, bist du denn auch so allein?

Ich hab auf dich gewartet, es war ganz sonderbar,
ein Tag voll Liebe und Freude,
bis nah der Abend war.

Ein Gefühl, ganz leicht und lieblich,
so als kämst du gleich zu mir,
gestern hab ich auf dich gewartet, nun bin ich wieder hier.

Winterlich ist die Stimmung,
sie bringt mich zum Träumen zurück,
voll Liebe und voll Sehnsucht, in schöne Stunden des Glücks.

Vielleicht dauert es nicht mehr lange, bis du dann bei mir bist,
mich nimmst in deine Arme
und mich ganz zärtlich küsst.

Vielleicht ging es dir genauso, hast dich im Traum gesehnt,
nach Zärtlichkeit und Liebe,
nur hier sein und verstehen.

Ich weiß, es ist nicht einfach, wenn Gefühle lenken denn Sinn,
wir Worte manchmal nicht finden
und nicht mehr wissen wohin.

Drum mach es dir nicht schwerer, denn ich bin für dich da,
wenn du dich sehnst nach Liebe,
dann komm, sei mir ganz nah!

Unerwartet

Viele Jahre sind vergangen,
dunkel einsam und so leer.
In der Stille meines Herzens,
glaubte ich auch gar nichts mehr.

Arbeit, Mühe, leere Worte,
nichts erfüllte seinen Sinn.
Wo ist die Freude nur geblieben?
Wo führt uns denn das Schicksal hin?

Eines Tages unerwartet,
standst du da, warst mir ganz nah.
Kannst es selber noch nicht glauben,
aber Träume werden wahr.

Du brauchst mir nichts zu erklären,
denn ich fühl es auch wie du.
Lass dein Herz die Liebe spüren
und dann mach die Augen zu.

Rosenzauber

„Was tust du, wenn keine Blitze treffen mitten in dein Herz,
dich erfüllen mit der Liebe, mit der Freude
und auch mal ein bisschen Schmerz?

Kannst du dir dann ganz alleine, helfen, wenn die Nacht beginnt,
wenn die Menschen alle ruhen, wenn die Sterne einsam sind?
Möchtest du dann nicht auch lieber, spüren wie die Liebe ist,
wie die Blitze dich verzaubern, wenn du ganz nah bei mir bist?

Manchmal ist es leise, manchmal doch ganz stark,
dann macht es mich glücklich, quält mich auch mal ganz arg.
Es wäre doch viel schöner wenn du jetzt bei mir bist,
mich nimmst in deine Arme und mich ganz zärtlich küsst.

Damit die kleinen Blitze erfüllen ihren Sinn,
denn schließlich ist es sicher, dass es Gefühle sind.

Wie ein Meer aus tausend Rosen, so stell ich es mir dann vor,
es erfüllt mich wie ein Zauber, flüstert mir ganz leis ins Ohr,
liebe Worte und ein Herzschlag, den ich dann ganz nahe spür,
der mich fesselt, der mich schwach macht,
der dann öffnet diese Tür.

Die verschlossen schon so lange, weil die Liebe war so fern,
nun glüht sie ganz tief im Herzen leuchtet heller als ein Stern.
Lass uns teilen diese Sehnsucht, lass uns spüren dieses Glück,
lass uns träumen und uns lieben bis zum Himmel und zurück.“

Sonnenstrahlen und Regentropfen

Unsre Liebe lässt mich träumen
von der Zeit die kommen wird,
meine Sehnsucht lässt mich hoffen,
dass unsre Wünsche sich erfüllen.

Ruhe, Glück und Frieden
erfüllen meinen Sinn,
sie helfen mir verstehen
und bringen mich dorthin,
in eine Welt von der ich träume,
in den Zauber, der nie vergeht,
zu einem Herzen voller Liebe,
das meine Sehnsucht dann versteht.

Das für mich da ist,
wenn die Sonne vom Himmel ihre Wärme schickt,
wenn die Regentropfen küssen zärtlich über mein Gesicht.
Wenn der Sturm die Richtung ändert,
für schwebende Blätter im Wind,
wenn das Schicksal für zwei Herzen
ist schon lange vorbestimmt.

Wir fügen uns dieser Führung, wir erkennen unser Glück,
wir nehmen an, was uns gegeben
und blicken nicht mehr gern zurück.
Denn der Weg er führt nach vorne,
er bringt uns weiter Schritt für Schritt,
in den Himmel von dem wir träumen,
in ein Leben voller Liebe und unsagbarem Glück.

Ströme der Gefühle

Es lächelt meine Seele, mein Spiegelbild verrät es mir,
im Herzen bin ich glücklich, es ist das Bild von dir,
das mich so sehr verzaubert, das mich gefangen hält,
das Freude mir bereitet, mich führt in eine Welt –
von der ich so sehr träume und wo ich glücklich bin,
mit Herz und Seele lieben – das erfüllt den wahren Sinn.

Nach außen ist es anders, nur was im Herzen zählt,
nur was berührt die Sinne – uns weit ins Lichte führt.
Die Worte sind zu einfach, für das was sich bewegt,
für das – was uns in Liebe zueinander trägt.

Du sollst es nicht verhindern, annehmen – stehen dazu,
denn das, was du empfindest – das bist alleine du.
Du mit allen deinen Sinnen, du mit allem was dazu gehört,
du bewirkst das Ein und Alles,
weil es ganz allein auf dich nur hört.

Wenn du weißt was in dir vorgeht,
wenn du weißt was dich erfüllt,
kannst du deuten und verstehen, diese Zeit die dich einhüllt,
in den Zauber einer Liebe, heller, weißer als ein Licht,
unendlich scheint sie dann zu blühen
und schenkt dir die Zuversicht,
für die nächsten schönen Stunden,
die noch kommen ganz bestimmt,
wenn du glaubst –
dass es die Stunden – für die große Liebe sind.

Es ist Liebe

Es ist das schönste der Gefühle,
wenn unsere Herzen sich berühren,
wenn unsere Seelen schweben leicht,
wenn Sehnsucht macht sich in uns breit.

Es ist der höchste Traum auf Erden
lieben und geliebt zu werden,
wenn wir uns spüren in der Nacht
und wenn danach der Tag erwacht.

Es ist der größte Zauber,
wenn Liebe in uns beiden brennt,
wenn wir zusammen schmelzen,
weil jeder diese tiefe Sehnsucht kennt.

Es ist das Glück auf Erden,
wenn wir zusammen sind,
wenn Träume sich erfüllen
unendlich weit zum Himmel ziehen.

Es ist die Ewigkeit im Herzen,
es ist das Jetzt das nie vergeht,
es ist die Liebe zweier Menschen,
die ganz hoch in den Sternen steht.

Es ist Verbundenheit des Geistes,
es ist Musik die in uns beiden singt,
es ist die wundervolle Liebe
die in unseren Herzen schwingt.

Die uns vereint in allen Zeiten,
auch wenn manchmal Wolken ziehen,
die Freude bringt, ein leises Lächeln,
ein Kribbeln für die Ewigkeit,
Glück für Heute und für alle Zeit.

Was ist Liebe?

Liebe hüpft wie kleine Bällchen,
rot umrahmt mit goldnem Kern,
macht uns glücklich, lässt uns lächeln,
hält uns aller Sorgen fern.

Sie ist da, wenn wir uns fürchten,
vor der dunkeln, finstern Nacht,
sie schenkt uns die liebe Wärme,
damit das Herz auch wieder lacht.

Sie bleibt bei uns alle Tage,
gibt uns Hoffnung, Mut und Licht,
lässt uns glauben an das Höchste
und schenkt uns die Zuversicht.

Dass nach vielen schweren Stunden,
dann die Sonne wieder scheint,
Sterne leuchtend uns begleiten,
auf dem Weg zum Glücklichsein.

Lass sie tanzen diese Bällchen,
fühl dich frei in Raum und Zeit,
denn, wenn du Liebe so empfindest,
blüht sie für die Ewigkeit.

Liebe ist das größte Wunder

Liebe ist wie Zuckerwatte am Stiel.
Liebe ist,
wenn ich von Herzen Sehnsucht habe nach dir.

Liebe ist wie Eisblumen die im Herzen tauen,
Liebe ist,
wie kleine Sterne die vom Himmel schauen.

Liebe ist wie der Himmel auf Erden,
Liebe ist,
wenn zwei Engel sich im Sonnenschein begegnen.

Liebe ist füreinander das Glitzern in den Augen zu haben.
Liebe ist,
füreinander da zu sein in allen Tagen.

Liebe ist
das schönste Geschenk das uns der Himmel bereite.
Liebe ist
die Ewigkeit weil sie uns in Zärtlichkeit begleitet.
Liebe ist
das größte Wunder das uns je geschehen kann.
Lieb ist
der schönste Traum der Wahrheit wird dann.

Denn Liebe lässt uns leben.
Liebe lässt uns lieben.
Liebe befreit uns vom Schmer,
Liebe ist das größte Wunder für unser Herz!

Gedanken der Zärtlichkeit

In Gedanken tief versunken,
sitz ich hier vor dem Papier,
keine Feder kann es schreiben,
wie mein Herz sich sehnt nach dir.

Wenn es draußen so sehr regnet,
fühle ich mich so allein,
am liebsten hätte ich dich dann bei mir
und würde ein bisschen glücklich sein.

Ich stell mir vor, wie schön es sein muss,
einfach nur bei dir zu liegen,
voller Liebe und Vertrauen,
kuscheln, deinen Körper spüren.

Wenn wir zärtlich uns berühren,
steht bestimmt die Zeit ganz still,
weil wir beide dann erkennen,
das ist ein einmaliges Gefühl.

Vielleicht dauert es nicht mehr lange,
bis das Sehnen Wahrheit wird
bis wir uns ganz zärtlich lieben,
bis es jeder von uns spürt.

Eisblümchen

Es erfüllen mich schöne Gefühle,
von Liebe, von Sehnsucht und Glück,
es ist, als käme der Sommer,
ganz sachte in mein Herz zurück.

In manchen stillen Stunden,
sehn ich mich so sehr dann nach dir,
es wäre das Schönste auf Erden,
wenn ich dich dann ganz nah könnt spüren.

Wie ist diese Sehnsucht bei dir denn?
Liebst du die Gefühle auch,
wenn manchmal in einsamen Nächten,
das Eis, wie im Frühling ganz langsam taut?

✲ ✲ ✲ ✲ ✲ ✲ ✲
✲ ✲ ✲ ✲ ✲ ✲ ✲
✲ ✲ ✲ ✲ ✲ ✲ ✲

Himmel auf Erden

Himmel blaue Sternlein glitzern
wieder, wenn die Nacht vorbei,
sie strahlen, leuchten, sagen:
"Mein Herz ist für dich frei!"

Frei für das Glück auf Erden,
ganz frei, für eine neue Welt,
in der nun scheint die Sonne
und uns gefangen hält.

Im Zauber einer Liebe -
stark, groß und wunderschön,
sie leuchten voller Sehnsucht:
"Komm, ich möchte dich sehen!"

"Komm, lass uns träumen beide,
vom Glück, das öffnet leicht,
den Himmel für zwei Herzen,
den Pfad der Ewigkeit."

Wunder geschehen

Wenn Träume am Himmel ziehen
mit glitzernden Sternen durch die Unendlichkeit schweben,
wenn Herzen schlagen im gleichen Takt,
sie erwecken unsere Freude wieder zum Leben.

Wenn Stunden unendlich erscheinen,
die Zeit dennoch wie im Fluge vergeht,
wenn Sehnsucht die Sinne beflügelt,
ein Feuer in den Herzen brennt, Leidenschaft uns belebt.

Dann ist sie gekommen die Stunde der Wahrheit,
dann leuchtet am Himmel der schönste Stern,
dann glühen die Sonnen vor Freude,
denn das Glück ist nicht mehr fern.

Es schreitet mit sachten Schritten,
schleicht sich in unsere Herzen ganz leis,
erfüllt uns mit Liebe, die blühet wie kleine Rosen im Eis.
Sie verzaubert unsere Tage,
sie weckt die Träume die schlummern ganz tief,
sie umhüllt uns mit Wärme, Licht und Vertrauen,
sie weckt wieder das was in uns schlief.

Wunder geschehen ganz plötzlich,
sie fragen uns nicht ob wir dazu bereit,
sie kommen unerwartet in unser Leben
und machen uns auf einmal den Himmel weit.

Für ein wundervolles Leben,
für die Wünsche die ganz tief in unseren Herzen sind.
Sie verzaubern uns immer wieder aufs Neue,
sie geben unserem Leben wieder einen Sinn.

Wenn Träume Wahrheit werden

Ich stell mir vor, wie schön es sein muss,
wenn du ganz nahe bei mir liegst,
wenn deine Hände mich berühren
und du mich dann ganz zärtlich liebst.

Süße Küsse streicheln lieblich
über meine zarte Haut,
wie im Traum schmilzt dann die Sehnsucht,
die sich langsam aufgebaut.

In langen einsamen Nächten,
in Tagen an denen die Zeit,
ganz langsam schien zu vergehen,
manchmal war's fast eine Ewigkeit.

Dann bist du wieder bei mir,
auf einmal mir ganz nah,
der Hauch von Liebe, Glück und Sehnsucht
ist plötzlich wieder da!

Herzenswünsche

Ich wünsche mir,
dass das Sternenleuchten uns aufzeigt unseren gemeinsamen Weg,
ich wünsche mir,
dass die Sonnenstrahlen uns begleiten und zu uns stehen.

Ich wünsche mir
ein Leben in Liebe, Glück und Erfüllung mit dir,
ich wünsche mir von Herzen,
es sei genauso der innigste Wunsch von dir.

Ich wünsche mir,
dass alle Einsamkeit im Schleier des Nebels zerrinnt,
ich wünsche mir,
dass neue Tage erhellen unserer beider Sinn.

Ich wünsche mir,
dass meine Liebe dein Herz mit Liebe und Wärme erreicht,
ich wünsche mir,
dass der jetzige Alltag für Freude und Glück weicht.

Ich wünsche mir von Herzen
für immer bei dir zu sein,
die Träume mit dir zu teilen,
die Wünsche mit dir zu erreichen,
Liebe, Freude und Glück mit dir zu leben,
in Erfüllung im Himmel unserer Liebe zu schweben.

Ich brauche dich zum Leben

Ich brauche dich, wenn ein neuer Tag erwacht,
ich brauche dich, wenn die Sonne vom Himmel lacht.

Ich brauche dich, wenn der Himmel die Sterne glühen lässt,
ich brauche dich, wenn der Regen die Wolken verlässt.

Ich brauche dich, wenn die schönsten Blumen blühen,
ich brauche dich, wenn Räucherstäbchen bei den Kerzen glühen.

Ich brauche dich, wenn der Schnee unter den Schuhen knirscht,
ich brauche dich, wenn in meinem Bett die Sehnsucht herrscht.

Ich brauche dich, wenn Buchstaben durch die Blätter schweben,
ich brauche dich, wenn mein Herz erwacht zu neuem Leben.

Ich brauche dich, wenn Musik meine Sinne erhellt,
ich brauche dich, wenn ich so einsam bin auf dieser Welt.

Ich brauche dich, wenn abends die Lichter ausgehen,
ich brauche dich, wenn die Uhren alle ganz still dann stehen.

Ich brauche dich, wenn es in meinem Bett kuschelig warm wird,
wenn die Sehnsucht wächst, wenn die Liebe ganz tief brennt,
wenn eine Rose blüht – die mein Heimweh kennt.

Ich brauche dich in Liebe, im Schmerz und auch im Glück,
ich brauche dich –
komm fliege mit mir in den Himmel und zurück!

Lieder der Liebe

Komm lass mich in deinen Armen träumen,
lass uns beide glücklich sein,
die Sonne lass in unsern Herzen scheinen
der Himmle uns ganz nahe sein.

Komm halt mich fest, wenn meine Sehnsucht
brennt in meinem Herzen tief,
lass tanzen unsere Gefühle,
der Zauber schwebt dann zuckersüß.

Auf unserer Haut es kribbelt leise,
die Leidenschaft der Liebe singt,
die schönsten Lieder unserer Liebe,
wenn du mich in die Arme nimmst.

Dann werden wahr die schönsten Träume,
die verzaubern mich in mancher Nacht,
es glitzern funkelnd dann die Sterne,
wenn der neue Tag erwacht.

Mit dir will ich ihn dann erleben,
mit dir will ich dann glücklich sein,
mit dir will ich die Liebe leben,
die Liebe für die Ewigkeit.

Schlösser der Liebe

So, wie süße Schmetterlinge
flattert das Glück heute tief in mir,
die schönsten Gefühle verzaubern mich,
in Gedanken bin ich bei dir.

Ich kann dich vor mir sehen,
wundervoll ist das Bild das mich bewegt,
du lächelst mich an mit lieben Augen,
in mir die Zeit ganz still dann steht.

Dann nimmst du mich in deine Arme
und streichelst mir zärtlich übers Gesicht,
ein Zauber mit unbeschreiblichen Gefühlen
mich berauscht, wenn du mich dann küsst.

Ich kann es spüren, wie es sich anfühlt,
ich weiß wie es ist, wenn du mich liebst,
ich lasse mich von meiner Sehnsucht treiben,
versinke in Leidenschaft und Glück.

Du streichelst über meinen Körper,
du küsst verträumt dann meine Haut,
du weckst tief schlummernde Gefühle
und machst, dass meine Sehnsucht taut.

Ich spiel mit dir die gleichen Träume,
erfülle dich mit Zärtlichkeit,
ich küsse zärtlich deine Lippen
und öffne deine Sehnsucht leicht.

Dann kannst du spüren wie es kribbelt,
wie wundervoll die Liebe ist,
wenn unsere Gefühle uns verzaubern
und uns der Himmel nahe ist.

Der Himmel unserer Liebe
wo glühen die Sterne ganz hell,
die Zärtlichkeit stillt unsere Sehnsucht,
sie baut Schlösser für eine gemeinsame Welt.

Sie erfüllt unsere schönsten Träume,
sie hüllt uns in unsagbares Glück,
sie bringt die sehnlichsten Wünsche
für uns beide in unendlicher Liebe zurück.

Die Herzen sie flattern ganz leise,
der Liebeszauber unsere Seelen umhüllt,
wir schweben der Zärtlichkeit entgegen,
die unsere Leidenschaft erfüllt.

Liebesfilm

Der Himmel hat die Kulissen bereitgestellt,
für den schönsten Film der Welt.

Es tanzen tausend Sterne am großen Firmament,
es leuchten Herzen der Liebe –
weil die Sehnsucht in ihnen brennt.

Die Kerzen sie flackern ganz sachte,
sie zünden die Freude an,
verströmen den Duft roter Rosen, ein Wunder ist in Gang.

Träume tanzen leise in Gefühlen der Zärtlichkeit,
sie vereinen zwei Herzen voll Liebe und halten an die Zeit.

Sie erfüllen die Wünsche des Lebens,
bringen Glück in unsere Welt,
das Schönste für mich ist geschehen,
weil du mich in deinen Armen hältst.

Zuhause glücklich

Komm, lass uns zusammen träumen,
miteinander glücklich sein.
Lass uns miteinander wünschen
was unsre Herzen tief erfreut.

Lass uns miteinander glauben,
dass es Wahrheit wird für uns,
was wir fühlen, was wir wissen,
was wir lieben beide mehr und mehr.

Komm und lass uns Bilder malen – bunte Bilder mit Musik,
komm, lass uns zusammen schweben,
in den Himmel unseres Glücks.

Komm, lass nur noch Freude
erfüllen unsere Herzen und unseren Sinn,
komm und lass uns beide fliegen –
nach hause –
wo wir zusammen glücklich sind.

Sehnsucht im Herzen

Ich hab den Himmel auf Erden und die Hölle durchlebt,
ich war im Herzen glücklich und zu Tode betrübt,
ich weiß wie es sich anfühlt wenn alles zusammenbricht,
aber ich kenne auch Gefühle die mir die Liebe verspricht.

Der Frieden ist heilig das Leben ist mein
und trotzdem ist gar nichts wichtig zum Glücklichsein.

Alles ist wirklich aber es scheint als wäre es Nichts,
das Dunkel der Seele führt uns wahrlich ins Licht.
Auch wenn die Sonne ist müde, sie strahlt trotzdem hell,
sie vertreibt alle Schatten in einer kalten Welt.

Wir glauben wir brauchen so viel und so oft,
im Grunde ist Liebe und Wahrheit die hofft,
dass ein Licht erscheint und leuchtet so hell,
das uns führt, das uns leitet –
das erleuchtet die Finsternis,
wenn Sehnsucht im Herzen lebt
ist es niemals zu spät –

für Liebe, für Freude, für Frieden und Glück
für den Himmel auf Erden – für ZURÜCK
zurück in eine heile Welt
die die Liebe in ihren Armen hält.

Träume werden wahr

Wenn Träume fliegen lernen,
dann hält sie nichts und niemand auf,
wenn Herzen lieben lernen,
dann nimmt alles seinen Lauf.

Wenn Sehnsucht unsere Gefühle verzaubert,
dann sind die schönsten Stunden da,
Wünsche von inniger Liebe, Glück und Erfüllung
sind uns dann unsagbar nah.

Wenn der Zauber der Gefühle
weckt das Leben tief in mir,
dann wünsch ich mir von ganzem Herzen
du wärst hier ganz nah bei mir.

Wenn die Träume unserer Liebe
führen mich in eine Märchenwelt,
dann wünsche ich mir tief im Herzen,
dass du mich in deinen Armen hältst.

Wenn der Duft von zarten Rosen
mich erfüllt mit Leidenschaft,
dann wünsche ich, dass die schönsten Träume
Wahrheit werden in der Nacht.

Wenn die Sterne dann verglühen,
ein neuer wundervoller Tag beginnt,
dann wünsch ich mir von ganzem Herzen,
dass du für immer bei mir bist.

Berauschende Gefühle

So, wie tausend kleine Blitze
fühlt sich deine Liebe an,
wie ein Meer aus tausend Wünschen,
die nur du erfüllen kannst.

Es kribbelt, es flattert – unbeschreiblich schön,
einmalig sind die Gefühle,
ich kann sie nur mit dir spüren.

Danke für den Zauber, in den du mich einhüllst,
in dem die Zeit unendlich ist,
ewig scheint dann das Gefühl,
das mich mit dir verbindet.

Die Sehnsucht lässt mich träumen –
von Liebe, Glück und Zärtlichkeit,
mein Herz ist dann erfüllt
vom Wunsch der Zweisamkeit.

Ich bin unsagbar glücklich mit Dir!
Danke.

Dich zu lieben

In meinen Gedanken bist du immer hier,
ohne mein Zutun folgst du mir.
Schließe ich die Augen, bist du da,
sehe ich in den Himmel, bist du mir nah.

Leuchten nachts die Sterne, dann hätte ich so gerne,
du wärst hier, ganz nah bei mir.

Im meinen Träumen sehe ich dich,
hör' ich Musik, dann fühl ich dich.
Du bist da,
in meinen Gedanken bist du zum Greifen nah.

Aber will ich dich dann berühren,
kann ich neben mir nur die Leere spüren.
Immer noch bin ich allein,
warum kannst du nur in Gedanken bei mir sein?

Wenn andere lachen, lauter lustige Dinge machen,
dann bleibe ich ganz stumm, und ich weiß auch warum,
unter vielen fühle ich mich allein,
viel lieber würde ich bei dir jetzt sein.

Pausenlos bemerke ich: Ich vermisse Dich!

Gute Nacht

Es kringelt sich der Zigarettenrauch
und bildet kleine Ringe,
die schick ich zu den Sternen hoch,
dass sie dir Grüsse bringen.

Wirst du dann im Traume wach
und musst dich einfach fragen,
welch sonderbarer Duft ist hier,
dann werd ich es dir sagen.

Dann schläfst du weiter,
träumst vielleicht
und kannst im Traum mich sehen,
dass ich die Grüsse dir geschickt,
das kannst du dann verstehen.

Ich wünsch dir eine süße Nacht
und hoff, dass du am Morgen,
mit einem Lächeln dann aufwachst,
glücklich und ohne Sorgen.

Träum Dich zu mir

„Hast du auch so gut geschlafen,
geht es dir genau wie mir,
bist du auch unendlich glücklich,
träumst du dich dann auch zu mir?“

Wenn in der Nacht die Sterne leuchten,
wenn sich die Welt zu Ruhe legt,
wenn Träume und Wünsche in dir schlummern
und die Zeit ganz still dann steht.

Dann ist es da, das Licht der Liebe,
das verbindet mich mit dir,
das mir Freude bringt und Hoffnung,
denn ich weiß du bist bei mir.

Es ist dann ein süßes Lächeln,
das mich leitet nachts zu dir,
mich verzaubert und mir flüstert
„Komm sei einfach hier bei mir,

lass dich küssen, lass dich lieben,
lass uns glücklich sein zu zweit,
lass den Himmel auf die Erde schweben,
komm genießen wir die Zeit.

Diese Zeit voll Glück und Sehnsucht,
diese Zeit unendlich schön.
Komm und lass uns weiter schweben,
lass uns durch den Himmel gehen.“

Träumereien

Lass uns zu den Sternen fliegen,
nebeneinander im Mondstaub liegen.

Lass uns auf dem Pluto laufen,
uns das Licht der Sonne kaufen.

Lass uns das Funkeln der Sterne klauen,
uns auf dem Neptun ein Häuschen bauen.

Davor ein kleines Feuer machen
und in dessen Lichtstrahl lachen.

Lass uns dort oben ein Ufo entdecken,
gemeinsam springen ins Sternenbecken.

Lass uns schlafen und nach 100 Jahren,
mit Inlineskates auf der Milchstraße fahren.

Komm, lass uns zusammen sein,
denn mein Herz ist für immer Dein.

Jetzt

Manchmal wissen wir genau,
was wir sehen,
wollen es aber nicht sehen.

Manchmal wissen wir genau,
was wir fühlen,
wollen es aber nicht fühlen.

Manchmal wissen wir genau,
was wir wollen,
haben aber Angst etwas dafür zu tun.

Wenn manchmal zu oft vorkommt,
verpassen wir manchmal das wahre Glück.

Wenn manchmal nicht erkannt wird,
gibt es manchmal keinen Weg zurück.

Herzklopfen

Spürst du's auch in deinem Herzen,
geht es dir genau wie mir?
Manchmal sind es kleine Schmerzen,
Freude, Glück, Sehnsucht nach dir.

Mit Worten kann ich's nicht beschreiben,
du streichelst zärtlich mein Gesicht,
mit deinen Augen voller Liebe,
das gibt mir Wärme und viel Licht.

Auch wenn die Tage noch dazwischen,
manchmal trostlos sind und leer,
freu ich mich auf jedes Lächeln und hoff,
dir geht's genau wie mir.

Lass es zu ...

Lassen wir die Wolken schwinden,
die verdunkeln unser Glück,
lassen wir die Sonne scheinen,
rufen es sofort zurück.

Wenn wir wissen, was wir wollen,
dann kann keiner uns berühr`n.
Lass uns beide dazu stehen,
lass uns sagen, was wir fühl`n.

Dunkle Nächte sind vorüber,
Morgenrot erhellt den Tag,
schau nach vorne, frag dich nicht mehr,
„... was ich gestern hab` gesagt?"

Und du wirst empfinden wieder,
Freude, Frieden und das Glück,
lass es einfach nur geschehen,
du wirst seh`n es kehrt zurück!

Himmelsgrüße

Es ist als wenn die Sonne in ihrer Sprache spricht,
es ist als bilden Sterne am Himmel ein Gedicht.

Der Mond lädt uns zum Träumen in eine Märchenwelt,
der in der Zeit von heute kaum noch Beachtung gilt.

Sei wachsam – denn das Glück kommt

Auch wenn es mal in deinem Leben,
läuft völlig sinnlos und daneben,
verzage nicht und glaub daran,
es kommt das Glück doch irgendwann.

Gedanken sind wie Kräfte,
sie haben unheimliche Mächte,
keiner kann, auch wenn er noch so will,
dich abhalten von dem Gefühl.

Lass andre lachen,
sich über dich lustig machen,
glaub du selber fest daran,
dass was du willst, auch schaffen kannst!

Augenblicke der Zärtlichkeit

Ich sitze hier und träume von wundervollen Augenblicken,
Momente der Liebe verzaubern mich heute noch,
wenn ich an unsere erste Begegnung denke.

Unerwartet warst du da, ich war erstaunt als ich dich sah,
du sagtest kein Wort, du warst einfach nur da
und ich spürte, du warst mir so nah.

Irgendetwas berührte mich, ich konnte es nicht gleich deuten,
ein tiefes Gefühl bezauberte mich,
als ich an dir vorbei gehen wollte.

Für einen Moment blieb ich stehen,
ich wollte gar nicht an dir vorübergehen,
ich wollte bleiben, aber ich wusste nicht
was tief in meinem Herzen geschieht.

Deine Augen strahlten mich an,
ich konnte kaum widerstehen,
mit deiner Stimme hast du mich verzaubert,
ich konnte es ganz genau spüren.

Deine Liebe verbreitete sich wie Rosenduft im Kerzenlicht,
mein Herz öffnete sich, als du sagtest „tanzen tu ich nicht".

So wie Himmel auf Erden
schwebte die Sehnsucht leise im Raum,
es tanzten meine Gefühle,
ich wollte dich einfach nur anschauen.

In meine Träume ließ ich mich fallen als du sangst
„ich liebe dich"
oh Herz, bitte gib mir ein Zeichen,
vielleicht singt er die Worte für mich.

Versunken in der Liebe von Tausend und einer Nacht,
ich konnte es kaum glauben, was der Himmel mit mir macht.
Verträumt lauschte ich deiner Stimme,
deine Blicke berührten mich,
es war ein Wunder geschehen, deine Liebe verzauberte mich.

Ich konnte mir dann schnell noch erbitten den letzten Tanz,
um einmal noch ganz nah bei dir zu sein.
Dein lieber Blick umschwebte mich,
als ich die Treppe herunterkam,
in Träumen versunken tanzte ich,
als du die letzten Lieder sangst.

Ich habe dich einmal nur gesehen,
deine Liebe berührte mein Herz,
die Sehnsucht in deinen Augen konnte ich spüren,
dein Zauber, ließ mich vergessen all den Schmerz.

Wundervoll ist deine Liebe, ich vermisse dich so sehr,
ich schicke eine Bitte zum Himmel -
"ich möchte dich so gerne wieder sehen"

Wenn der Himmel dann öffnet seine Tore der Unendlichkeit,
werde ich in deinen Armen träumen und wissen –
wir sind zu zweit.

Zusammen

Lass uns unsre Liebe teilen,
die ganz tief im Herzen lebt.
Sie gemeinsam in uns vereinen,
weil alles dann viel besser geht.

Zusammen sind wir dann die Einheit,
die strahlt und leuchtet wie ein Stern.
Zusammen wollen wir dann erreichen,
was heute noch ein bisschen fern.

Ich bin bereit für dich zu leben,
in Freud und Glück für alle Zeit.
Ich will dir meine Liebe geben,
wie heute – möchte ich's jederzeit.

Lass uns leben …

Sternenklar ist heut der Himmel,
eine Nacht friedvoll und rein,
warum kannst du nicht, wenn du es möchtest,
in deinem Herzen glücklich sein?

Du bist weg, ganz fern von allen,
die bedeuten dir so viel,
fühlst dich leer in deiner Seele,
hast ein einsames Gefühl.

Und du hoffst, dass eines Tages,
alles anderes ist als heut'.
Lass uns wieder leben lernen,
keiner hat das je bereut.

Sommer im Herzen

Ich träume mir jetzt Flügel
und schwebe durch die Luft –

Ich klopfe an dein Herz
und bring dir einen süßen Duft –

Den Duft der Liebe
zaubere ich in deine Seele hinein,

wenn du ihn empfängst
wünsche ich mir so sehr für immer bei dir zu sein.

Ein lieber Kuss noch,
dann kuschle ich mich in meine Träume.

Ich sehe kleine rote Herzen
die hängen an goldenen Bäumen.

Es sind Zeichen von Liebe,
von Sehnsucht und Glück.

Es fühlt sich an
als käme der Sommer in mein Leben zurück.

Komm, sei bei mir

Wenn Sehnsucht mein Herz in Stücke reißt,
meine sehnlichsten Träume sich nicht erfüllen,
wenn Sterne hoch am Himmel stehen,
keiner scheint mehr zu glühen.

Wenn all meine Liebe vergeblich ist,
die Zeit endlos ist und leer,
wenn Träume am Himmel vorüberziehen,
nur noch Tränen erfüllen mein Gebet.

Komm, nimm mich in deine Arme,
komm und halte mich ganz fest,
komm und lass mich einfach spüren,
dass du noch immer bei mir bist.

Komm und streichle meine Sehnsucht,
sei bei mir, wenn die Nacht beginnt,
komm, küss die Tränen von meinen Wangen,
lass wieder strömen Glück und Liebe in meinen Sinn.

Liebe und Lebenssinn

Ich wünsch mir, dass du hier bist,
mich in deine Arme nimmst,
mir sagst, dass du mich liebst
und für immer bei mir bist.

Ich wünsche mir ein Leben,
wie es in meinen Träumen ist,
ein Leben an deiner Seite,
damit ich dich nicht mehr so sehr vermiss.

Vielleicht geht es dir genau so,
du sehnst dich auch nach mir,
nach einem Leben in Liebe, Erfüllung und Glück,
ein Leben zusammen, ein Leben mit mir.

Ich kann es mit Worten nicht beschreiben,
wie sehr du mir fehlst,
wie sehr ich mir wünsche,
dass du bei mir bist und meine Sehnsucht stillst.

Gefühle zeigen

Wer Gefühle zeigt,
der kann doch kein Träumer sein,
wer Gefühle zeigt,
lädt doch einfach nur zum lieben ein.

Wer Gefühle zeigt,
ist immer auf der Spur,
lass Gefühle zu,
denn dann erlebst auch du -

Eine Zeit von Glück, Sehnsucht und Zärtlichkeit,
Träume werden wahr, wenn du zu träumen wagst.

Liebe ist der Traum,
der dich verzaubert dann,
er führt dich ins Licht,
drum glaube fest daran.

Komm, träum mit mir zusammen den schönsten Traum,
lass treiben dich ins Glück, weit weg von Zeit und Raum,
komm, wir fangen jetzt ein neues Leben an,
denn, weil wir zwei uns lieben, erfüllt sich unser Traum.

Himmlisches Meer

Silberschnee glitzerte durch die Straßen,
die Herzen sind von Licht erhellt,
träumend schweben kleine Engel
sie bringen Hoffnung für eine bessere Welt.

Sie erfüllen die Wünsche und Träume
die in den Herzen der Menschen ganz tief,
verborgen und fast schon vergessen,
weil alles im Leben ganz anders lief.

Doch wenn sie den Zauber erleben,
die Wunder die doch dann geschehen,
dann staunen sie aus leuchtenden Augen,
und können es fast nicht glauben.

Denn es erfüllt sich auf einmal ganz sachte,
liebevoll, glücklich und still,
ein Traum aus tiefstem Herzen –
ein Herzenswunsch sich erfüllt.

Das Licht es strahlt immer heller,
es leuchtet in dunkler Nacht,
verkündet die Freude im Herzen,
denn das Wunder ist vollbracht.

Ein Wunder des Himmels auf Erden,
ein Traum für die Ewigkeit,
es schweben Herzen der Liebe
hinauf in die Unendlichkeit.

Die Freude berührt viele Herzen,
das Glück verbreitet einen zarten Duft,
den Duft roter Rosen
geschmückt mit goldenen Zweigen,
er strömt von Herzen zu Herzen
und will die Liebe uns wieder zeigen.

Vergessen im Alltag, vergessen im Schmerz,
vergessen, weil sehr viel anderes zählt,
vergessen, verachtet, verspottet und belacht,
oh, Liebe....
was haben die Menschen denn nur aus dir gemacht.

Nichts ist so wichtig und nichts zählt so sehr
wie die Liebe im Herzen,
die Liebe die uns schenkt
ein Himmlisches Meer.

Aus Frieden, aus Freude, Vertrauen und Glück,
die Liebe bringt uns dahin zurück,
wo wir einst herkamen um zu erleben diese Welt,
sie hat uns verzaubert und manchmal gequält.

Jetzt erkennen wir den wahren Sinn
von Liebe – Glück – zu ZWEIT.
Es fühlt sich an wie Blümchen die tauen im Eis.

Rosen für die Liebe – ich schenke sie dir,
lass dich von ihnen verzaubern –
Es ist Liebe, Liebe von mir.

Reise zu dir

Manchmal geh ich auf die Reise,
weil ich dir ganz nah sein will,
voller Freude, Glück und Liebe,
ist mein Herz unendlich still.

Ich versuche dann zu hören,
was du mir ohne Worte sagst,
ich versuche zu verstehen,
was du liebst und was du magst.

Ich schwebe leicht und leise,
beweg mich nicht vom Ort,
und dennoch fühl ich in gewisser Weise,
ich war ein bisschen fort.

Ich habe mich zu dir geschlichen,
voller Liebe und Sehnsucht - unendlich weit,
die Einsamkeit war auf einmal ganz gewichen,
gespürt hab ich das Gefühl von Zweisamkeit.

Eine Liebe tief im Herzen,
sie beflügelt mich so sehr,
ich geh wieder auf die Reise,
träume mich weit ins Liebes Meer.

Träume ins Licht

Ich ging durch die Straßen,
einsam und verlassen,
die Sonne schien,
ich strahlte vor mich hin.

Das Leben macht auf einmal wieder Sinn.

Ich weiß nicht wo du bist,
ich weiß nicht was du tust.

Ich denke sehr oft an dich und ich vermisse dich.

Sag mal,
spürst du auch das Licht in deinem Herzen?
Fühlst du die Wärme,
die dich umgibt?
Sind es die gleichen Träume die dich führen ins Licht?

Wünsche von Liebe, Geborgenheit und Glück,
wenn wir sie zum Himmel schicken
bekommen wir sie als Geschenk zurück.

Liebe für die Ewigkeit

Ich wusste nicht was mich erwartet,
als ich dir begegnet bin,
ein Jahr ist schon vergangen,
du bist nicht nur in meinem Sinn.

Du bist in meinem Herzen,
du bist immer mir ganz nah,
du bist in meinen Träumen,
du bist immer für mich da.

Ich konnte es nur ahnen,
wie schön die Liebe ist,
dann standst du plötzlich vor mir
und alles machte Sinn.

Du hast mich verzaubert,
mir Liebe eingehaucht,
du hast mich angelächelt,
du warst mir so vertraut.

Du kanntest mich schon damals,
du wusstest wer ich bin,
du hast sie nie verraten,
die Liebe tief im Herzen drin.

Dann hast du mir geholfen
zu lieben Schritt für Schritt,
im Schmerz warst du auch bei mir,
wenn Herz und Seele litt.

Du hast mich begleitet
und sagtest nie ein Wort,
ich fühlte mich verbunden
auch wenn wir nicht am gleichen Ort.

Deine Liebe ließ mich leben,
deine Wärme gab mir Kraft,
meine Träume schwebten langsam
und erfüllten meine Nacht.

So wie ein leiser Zauber
erfüllte deine Liebe mein Herz,
ein kleiner Trost, ein leises Lächeln,
begleiteten mich im Schmerz.

Die Sehnsucht lässt mich hoffen,
sie breitet meine Flügel aus,
sie malt die schönsten Bilder,
holt mich aus der Einsamkeit heraus.

Sie lässt mich zärtlich schweben
in eine heile Welt,
wo Liebe, Glück und Freude
zwei Herzen zusammen hält.

Sie lässt mich weiter träumen
von einer glücklichen Zeit,
wenn Liebe sich begegnet -
Liebe für die Ewigkeit.

Eine Träne

Ich schick dir eine Träne,
die deine Wange küsst,
ich wünsche mir von Herzen,
dass du jetzt bei mir bist.

Mich nimmst in deine Arme,
mich hältst ganz innig fest,
die Liebe möchte ich spüren,
den Atem der unser Glück nie verlässt.

Wenn meine Wünsche hoch zum Himmel ziehen,
dann sehe ich meine Träume tief in mir,
ich wünsche mir ganz sehnlich,
dass meine Gefühle dich berühren.

Tief im Herzen ist es Liebe -
in der Seele Frieden und Glück,
ich wünsche, dass wir zusammen unsere Träume leben,
in Verbundenheit sich die Wunder erfüllen,
die vom Himmel geschickt.

Kerzenschein und Räucherstäbchen

Wenn ich hier durchs Fenster schaue,
blinzeln mich die Lichtlein an,
sie verkünden voller Freude
„Es kommt bald der Weihnachtsmann!“

Haben wir denn was vergessen?
Ist der Zettel schon gemacht?
Haben wir im Stress des Alltags,
an die Freude schon gedacht?

Die nun liegt nicht mehr so arg weit,
wie es noch vor Wochen schien,
hier bei mir ist nichts geschehen,
dafür hab ich keinen Sinn.

Jetzt lass ich die Arbeit liegen,
zünd ein kleines Kerzlein an,
schmück's mit einem kleinen Herzchen
und Räucherstäbchen nebenan.

Dann setze ich mich still und leise
zu dem süßen Kerzenschein,
fühle mich ein bisschen glücklich
und vergiss, dass ich allein.

Wünsche können Wahrheit werden,
wenn wir glauben fest daran,
lass uns hoffen, lass uns träumen,
es kommt bald der Weihnachtsmann!

Goldene Flügel

Ich träume mir ganz kleine Flügel
aus goldenem Seidenpapier,
ich schwebe still zum Himmel hoch
und klopfe an die Tür.

Ich bitte einen Engel mit,
dass er mich soll beschützen,
wenn ich mich auf die Reise mach
um dich heut Nacht zu küssen.

Es kann ganz leicht passieren dann,
dass einen Flügel ich vergesse,
ich lasse ihn als Zeichen da,
dass ich dich so vermisse.

Wenn ich zwei Mal war bei dir,
das dritte Mal werd ich dann bleiben,
dann haben wir beide ein goldenes Flügelpaar
und lassen uns zusammen ins Glück treiben.

Weil ich es wusste

Es gab eins was ich schon immer wusste,
dass ich dir mal begegnen musste.
Es ist kein Scherz und es sind auch keine Witze,
frag dich mal warum ich hier sitze!

Ich sitze hier um für dich was zu dichten.
Und ich weiß auf dich will ich nicht verzichten.
Denn was soll ich bloß ohne dich machen?
Ohne dich wird mein Herz nicht mehr lachen.

Ich werde nun mein Herz dir schenken

und dauernd werd ich an dich denken.

Ich glaub wir bleiben nie allein,

Schmetterlinge im Bauch werden immer sein.

Merkst du jetzt, ohne dich hat alles keinen Sinn!
Warum dauert es so lange,
bis ich für immer bei dir bin?

Hannelore Olescher

Sehnsucht
LIEBEsVision

Impressum

Herstellung und Verlag: Books on Demand GmbH,, Norderstedt

ISBN-13:9783837071795